Paolo Albani

Rose osé

Lettere rubate

Biblioteca Oplepiana

N. 13

ISBN: 9788893641555 (libro) – 9788893641777 (ebook)

Rose osé
Lettere rubate
a cura di Oplepo, piazza dei Martiri, 30 – 80121 Napoli (Italia)
Prima edizione: 2005

Ristampa: giugno 2018

Cura redazionale di Eleonora Galloni

http://www.inriga.it

info@inriga.it

https://it-it.facebook.com/inrigaedizioni/

https://twitter.com/inrigaedizioni

https://www.linkedin.com/company/in-riga-edizioni-e-literary-agency

La «R sbandita» ovvero la struttura delle «lettere rubate»

A Capri, una mattina piena di sole dei primi di novembre del 1996, durante una passeggiata all'Arco Naturale, guardando verso lo specchio d'acqua che, fascinosamente turchino, si distende fino all'orizzonte, ad un certo punto esclamo:
– Che mare incredibile!
Vòlta al plurale e privata della lettera R, mi accorgo che la stessa frase suona:
– Che mai incedibili!
Limpido riconoscimento dell'inamovibile profondità di molte negazioni.
Allora mi ricordo della «R sbandita» nelle poesie d'amore di Orazio Fedele, pseudonimo del domenicano Giovanni Nicola Ciminelli Cardone (sec. XVI-XVII), pubblicate nel 1614, e degli «Elogj senza la R» (1816) dell'abate Luigi Casolini (sec. XIX), e poi, reminiscenza di un lontano studio, del libro di versi *Einige Gedichte ohne den Buchstaben R* [Qualche poesia senza la lettera R] (1796) di Gottlob Wilhelm Burmann (1737-1805) come pure del romanzo *Die Zwillinge* [I gemelli] (1813) di Franz Rittler (1782-1837), scritto interamente senza mai usare la lettera R, molto diffusa in tedesco.
È così che dopo un attimo di esitazione arrivo a progettare la struttura delle «lettere rubate» ovvero un procedimento che – volendo parafrasare il titolo di un famoso libro dell'economista Piero Sraffa – consiste nella «produzione di testi a mezzo di testi» grazie alla semplice sottrazione di una lettera. In altre parole si parte da un testo (nel mio caso brevi poesie simili agli haiku giapponesi; nulla vieta, tuttavia, di partire da un racconto, da un saggio scientifico, da un aforisma, ecc.) per generarne un altro completamente diverso dal punto di vista semantico attraverso la sola detrazione di una lettera (la R nei miei «esercizi»). In questo senso il testo di arrivo può essere considerato un lipogramma nella lettera «sbandita».

Naturalmente per creare il nuovo testo si può muovere dal procedimento inverso della detrazione ovvero dall'aggiunta di una lettera nel testo di partenza. È solo una questione di gusti e di senso dell'orientamento letterario.

Ai brevi componimenti nati dall'applicazione della struttura delle «lettere rubate» ho dato il nome di «ritagli poetici».

2

Dopo la mia passeggiata caprese, ho fatto alcune interessanti scoperte. La prima riguarda il libro di Jacques Jouet intitolato *Des ans et des ânes* (Paris, Ramsay, 1988) dove leggo a pagina 311 questo brano indicato con il numero 594:

Sous les arches des grandes orgues, des ânes sobres et aigres forent les failles. Et poussent les arbres sans souci des oratoires. Pour voir une ère usée qui ébrase et use, j'ébauche une fée sans aigreur et replace ses ondes. Je fais en sorte qu'elle rie. Je garde le cap.

Sous les marches des grandes morgues, des mânes sombres et maigres forment les familles. Et poussent les marbres sans souci des moratoires. Pour vomir une mère usée qui m'embrase et m'use, j'embauche une femme sans maigreur et remplace ses mondes. Je fais en sorte qu'elle rime. Je garde le camp.

Questo procedimento linguistico, di cui non esistono realizzazioni in testi organici, è stato chiamato da Jacques Roubaud, in una conferenza tenuta a Parigi il 14 dicembre 1985, «lipossible» (Jacques Roubaud, «L'auteur oulipien», in *L'Auteur et le manuscrit*, Paris, éd. Michel Contat, PUF, 1991, pp. 77-92). Senza tenere conto degli accenti, della punteggiatura e degli spazi bianchi, Roubaud passa dal seguente testo:

a. *La source, loin, sourit. Oulipo, émoi noué encore à la bouée.*

b. *Rousse, il l'avait revue, sa beauté, haute parut entre les brousses.*

c. *Je plonge ce clou. Le thé allume, sous une houle pleureuse, un plan de sa ville.*

d. *Ce sont îles ainsi où paissent des ailes: plaintes, bruines, désir: oiseaux.*

e. *Sur l'épure: poutre, pouf, paon. Passez! un parc rapide se déplie. Tapis-toi!*

f. *Orages!*

a quest'altro testo:

a. *Là, sur ce lin suri, tulipe mi-nue, encre à la buée.*
b. *Rosse, il l'avait rêvé, sa béate hâte part entre les brosses.*
c. *J'éponge ce cou et heaume sous une houe peureuse, un pan de sa vie.*
d. *Ce sont les ans où passent de sales plantes brunes, des roseaux.*
e. *Sur l'Eure: outre ou faon? assez! un arc raide se délie. Tais-toi!*
f. *Rages!*

sopprimendo rispettivamente le lettere «o», «u», «l», «i», «p» e «o» (che pronunciate di seguito danno la parola «oulipo»). Si tratta di una «contrainte» – aggiunge Roubaud – che rappresenta una variante de «la belle absente», regola che prescrive di sopprimere una lettera in ogni verso di una poesia in modo tale che le lettere soppresse vadano a formare un nome (si veda il testo di Georges Perec intitolato «A l'OuLiPo» nel libro: Oulipo, *Atlas de littérature potentielle*, Paris, Gallimard, 1990, p. 213).

La seconda scoperta investe il racconto di Màrius Serra «L'enigma de l'ateu» (*Contagi*, Columna Edicions, Barcelona, 1992, pp. 39-55), dove trovo questo brano:

«*Cal que primer cerqueu la casta de les cartes acolorides, on veureu una taula amb la famosa pantera. A l'esquerra hi ha una morta amb talls a les mans. Llavors desapareixeu per darrera i tusteu la cantonada fins que surti a la bassa. És l'única manera de trobar la costa que us torba. Si ho feu com cal, el diable us temptarà amb els seus cants de joia i el posseireu per sempre.*»

che cambia di significato eliminando la lettera T diventando:

«*Cal que primer cerqueu la casa de les cares acolorides, on veureu una aula amb la famosa panera. A l'esquerra hi ha una mora amb alls a les mans. Llavors desapareixeu per darrera i useu la canonada fins que suri a la bassa. És l'única manera de robar la cosa que us orba. Si ho feu com cal, el diable us empara amb els seus cans de joia i el posseireu per sempre.*»

La differenza sostanziale fra i testi di Jouet e Serra ed i miei «ritagli» sta nel fatto che nei primi due, senza contare gli articoli, le congiunzioni e le preposizioni, alcune parole – per l'esattezza undici in quello di Jouet (*grandes*; *poussent*; *souci*; *usée*; *qui*;

ses; *je*; *fais*; *sorte*; *elle*; *garde*), ventiquattro in quello di Serra (*cal*; *primer*; *cerqueu*; *acolorides*; *veureu*; *famosa*; *esquerra*; *hi*; *ha*; *mans*; *llavors*; *desapareixeu*; *darrera*; *bassa*; *és*; *única*; *manera*; *us*; *ho*; *feu*; *diable*; *seus*; *joia*; *posseireu*) – restano eguali in entrambe le versioni, mentre nei miei «ritagli» tutte le parole, sempre eccettuando gli articoli, le congiunzioni e le preposizioni non contenenti la lettera ritagliata, cambiano rigorosamente di significato.

Anche nei due testi roubaudiani alcune parole restano invariate (*il*; *l'*; *avait*; *sa*; *je*; *ce*; *sont*; *où*; *se*; *toi*), ma soprattutto Roubaud si avvale della possibilità di scomporre a piacere le parole, cosa che invece è tassativamente interdetta nei miei ritagli.

Si potrebbe dunque insinuare che quelli di Roubaud, Jouet e Serra, per quanto suggestivi, siano dei ritagli «impuri».

Istruzioni per l'uso

1. Il gioco del «ritaglio poetico» consiste nel creare due testi poetici di significato completamente diverso tali per cui il secondo sia composto dalle stesse parole del primo con la sola esclusione di una lettera. La detrazione della lettera da eliminare (la R nel mio caso) deve investire *tutte* le parole del testo di partenza ad eccezione degli articoli, delle congiunzioni e delle preposizioni.

2. Per i ritagli è possibile usare parole in forma declinata, coniugata e con aggiunta finale di particelle pronominali e avverbiali (particelle enclitiche) come nel caso di «*dirti*», cioè «*dire a te*», che per detrazione della R diventa «*dìti*» plurale di «*dito*». Per diminutivi, accrescitivi, peggiorativi, ipocoristici, ecc. sono ammessi solo quelli compresi nel testo o nei testi di riferimento.

3. Sono consentite detrazioni multiple della stessa lettera come nei casi, relativi a doppia e tripla detrazione della lettera R, di «*rarità/aìta* (nel senso poetico di «*aiuto*»)» e di «*garrire/gaie*».

4. È vietata la detrazione in parole che hanno subìto troncamento come «*amor*» che si trasformerebbe, per caduta della R, in «*amo*» (nel senso di «uncino d'acciaio»).

5. È vietato l'uso di articoli, preposizioni, pronomi, particelle proclitiche e congiunzioni contenenti la lettera detratta; nel mio caso ad esempio, essendo implicata la lettera R, è interdetto

l'uso delle preposizioni «*per*», «*tra*», «*fra*», «*sopra*», «*dietro*», ecc. e delle congiunzioni «*però*», «*purché*», «*eppure*», ecc., salvo che esse non permettano di generare una nuova parola come per la preposizione «*contro*» che, dopo la detrazione della R, diventa «*conto*».

6. Si possono inserire e mutare gli accenti delle parole tagliate come nel caso di «*rose/osé*» o di «*prati/patì*».

7. È consentito usare solo parole con significato diverso; non sono ammesse cioè detrazioni del tipo: «*vedrò/vedo*», poiché in questo caso cambia il tempo del verbo «*vedere*», ma non il suo significato.

8. La struttura sintattica delle due versioni poetiche deve essere rigorosamente uguale nel senso che deve essere mantenuta la stessa disposizione degli articoli, delle preposizioni, delle particelle proclitiche e delle congiunzioni. Dunque è vietata la possibilità di scomporre e ricomporre liberamente le parole (*le irrazionali età/lei aziona lieta*).

9. Le lettere tagliate possono essere più di una come in questo esempio di «ritaglio poetico» in R ed in S:

Diavolerie

sbronzi come raspi
prostriamo i mostri
di smerlate scritte

Censure

bonzi come api
potiamo i moti
di melate citte

dove «melate» significa «dolci come il miele» e «citte» è il plurale femminile di «citto», toscanismo che sta per «fanciullo».

10. I titoli dei «ritagli poetici» sono liberi, ovvero sottratti ad ogni regola; la loro unica funzione è quella di suggerire una possibile «chiave di lettura» dei testi che introducono.

11. Il testo di riferimento dei miei «ritagli poetici» è: *Il Nuovo Zingarelli. Vocabolario della lingua italiana*, 12ª edizione, Bologna, Zanichelli, 1996.

1

Tramonti

incredibili mari
guardano pietrosi
l'inerzia di spirati raggi

Negazioni

incedibili mai
guadano pietosi
l'inezia di spiati aggi

Nota

«aggi»: plurale di «aggio» nel senso di «anno».

2

Prose

scrollano turbe
le carpite prose
revocando l'arredo di storici trantran

Poesie

scollano tube
le capite pòse
evocando l'aèdo di stoici tantan

Nota

«tube»: plurale di «tuba» nel senso figurato di «poesia».
«aèdo»: nel senso di «poeta, vate».
«tantan»: sta per «tamtam», cioè «scambio di notizie».

3

Fastosità

credo agli schermi
di perlati marmi
se troneggiano brulli e cromici

Stupidità

cedo agli schemi
di pelati màmi
se toneggiano bulli e comici

Nota

«brulli»: plurale di «brullo» nel senso di «tetro».
«màmi»: plurale di «màmo», cioè in dialetto settentrionale
    «stupido».
«toneggiano»: terza persona plurale dell'indicativo presente del
    verbo «toneggiare», cioè «tuonare spesso».
«bulli»: plurale di «bullo» nel senso di «sfrontato».

4

Oroscopi

dritte di astri
prèstano la corda ai viraggi
di fròlli perni

Rancori

dìtte di àsti
péstano la coda ai viaggi
di folli pèni

Nota

«dritte»: plurale di «dritta» nel senso di «informazione riserva-
ta».
«fròlli»: plurale di «frollo» nel senso figurato di «privo di
energia».
«perni»: plurale di «perno» nel senso figurato di «sostegno
principale».
«dìtte»: plurale di «ditta» nel senso di «détta», cioè «sorte,
fortuna».
«àsti»: plurale di «astio» nel senso di «rancore».

5

Elisìr

respira un ardito scirocco
gli elisìr raccolti
nei mirti frugati

Miti

espìa un àdito sciocco
gli elìsi accolti
nei miti fugati

Nota

«àdito»: nel senso di «passaggio, accesso».
«elìsi»: plurale di «elìsio», cioè «giardino di delizie».

6

Vaniloqui

sprillano le frasi
come dardi imprudenti
e larvano epidermiche tracce

Atmosfere

spillano le fasi
come dadi impudenti
e lavano epidemiche tàcce

Nota

«sprillano»: terza persona plurale dell'indicativo presente del
    verbo «sprillare» cioè «sprizzare, zampillare».
«larvano»: terza persona plurale dell'indicativo presente del verbo
    «larvare» cioè «mascherare».
«tàcce»: plurale di «taccia» nel senso di «fama cattiva».

Tormenti

come braci stringenti
o crampi di merli
apprezzano i grétti l'infartuato lucro

Germogli

come baci stingenti
o campi di meli
appezzano i gètti l'infatuato luco

Nota

«grétti»: plurale di «grétto» nel senso di «persona meschina».
«gètti»: plurale di «gètto» nel senso di «germoglio di una pian-
ta».
«luco»: bosco sacro nella Roma antica.

Burle

allegra una giarda
spreme rarità e barde da pròco
e puro ridere di cartone

Speranze

allega una giada
spème aìta e bade da poco
e può idee di catóne

Nota

«giarda»: nel senso antiquato di «burla, beffa».
«barde»: armature del cavallo, qui nel senso figurato di «difese»
«pròco»: pretendente, innamorato.
«di cartone»: espressione che in senso figurato significa «finto».
«allega»: nel senso del verbo «allegare», cioè «fondere insie-
    me».
«giada»: pietra dura per foggiare armi, utensili e ornamenti.
«spème»: nel senso letterario di «speranza».
«aìta»: nel senso poetico di «aiuto».
«bade»: plurale di «bada», nel senso di «attesa, indugio».
«catóne»: persona dotata di rigido senso morale.

La Biblioteca Oplepiana [*]

Ruggero Campagnoli
Edulcoranti, con cento tempere,
Coloranti, di Totò Radicchio (1990, 1)

Aldo Spinelli
L'uso delle istruzioni, Rigrafia (1991, 2)

Giuseppe Varaldo
Canto tenero, Mitografemi (1992, 3)

Ruggero Campagnoli
Deliri edipici, Sonetti palindromici (1992, 4)

Piero Falchetta
Frammenti in vita
Combinazioni monorime con commento (1993, 5)

Ruggero Campagnoli
Vocalizzi Zulu, Sonetti monovocalici latenti,
con una cartella di 5 serigrafie,
Proiezioni e vocali in ombra, di Totò Radicchio (1994, 7)

Elena Addòmine
Forme For me, Traduzioni omografiche (1994, 7)

Raffaele Aragona
La viola del bardo, Piccolo Omonimario Illustrato (1994, 8)

Aldo Spinelli
Le ripartite, Rimbalzo statistico (1994, 9)

Ruggero Campagnoli
Sestine per modo di dire,
Testi locuzionali semiautomatici (1994, 10)

Sal Kierkia
(a cura di) *L'isola teletrasportata*, Anagrafie (1996, 11)

Paolo Albani

Geometriche visioni, L'alfabeto raffigurato (1996, 12)

Paolo Albani

Rose osé, Lettere rubate (1998, 13)

Màrius Serra i Roig

Turandot espuri, Solfeix (1998, 14)

Luca Chiti

L'infinito futuro, Sillabe in crescenza (1999, 15)

Oplepo

Giallo di Anghiari, Misteri obbligati (1999, 16):
- *Analisi finale*, di Elena Addòmine
- *La disparizión*, di Raffaele Aragona
- *Alloro per loro*, di Brunella Eruli
- *Una parola d'oro*, di Piero Falchetta
- *Numero tredici*, di Sal Kierkia
- *Un caffè per tre*, di Giuseppe Varaldo

Oplepo

Esercizi di stime, Acronimi elogiativi (2000, 17):
- Elogio dell'*Opera poetica limitante entropiche profondità ombelicali*, di Elena Addòmine
- Elogio dell'*Oscurità poetica laureata esibendo parole oblique*, di Paolo Albani
- Elogio di *Ogni poema lipogrammatico esprimente potenzialità oscurate*, di Raffaele Aragona
- Elogio dell'*Ospedale per lemmi esausti, provati. obesi*, di Alessandra Berardi
- Elogio dell'*Operosa pastorelleria legata, elegantemente poco ortodossa*, di Luca Chiti
- Elogio dell'*Ostinato premere lemmi endecasillabici producenti oleosità*, di Brunella Eruli
- Elogio dell'*Ostracismo politico, legge emarginata, punto O*, di Sal Kierkia
- Elogio dell'*Osar poetare liberamente, evitando penalizzanti ortodossie*, di Maria Sebregondi
- Elogio dell'*Ombra, proiezione labile eppure pressoché onnipresente*, di Giuseppe Varaldo

Luca Chiti
Il centunesimo canto, Philologica dantesca (2001, 18)

Paolo Albani
Fantasmagorie, Parole in bianco (2001, 19)

Giulio Bizzarri
Art caveau, L'invisibile pittura (2001, 20)

Ermanno Cavazzoni
Morti fortunati, Slittamento proverbiale (2001, 21)

Oplepo
Il doppio, Due per uno (2004, 22):
– *Doppio senso*, di Alessandra Berardi
– *Double-face*, di Anna Regina Busetto Vicari
– *Il doppio imperfetto*, di Brunella Eruli
– *La scoperta dell'America*, di Domenico D'Oria
– *Duplex*, di Edoardo Sanguineti
– *Lingua doppia*, di Elena Addòmine
– *Il romanzo equivoco*, di Ermanno Cavazzoni
– *Specchio*, di Giulio Bizzarri
– *Senso doppio/doppio senso*, di Giuseppe Varaldo
– *Kamasutra*, di Maria Sebregondi
– *Il punto di vista, anche*, di Paolo Albani
– *Teoremi e assiomi*, di Piergiorgio Odifreddi
– *Raddoppi*, di Raffaele Aragona
– *Doppio doppio*, di Sal Kierkia
– *Doppio*, di Totò Radicchio

Piergiorgio Odifreddi
Riflessi in uno zaffiro orientale,
Diari minimi di viaggi effimeri (2005, 23)

Sal Kierkia
Preludi, Tempo obbligato (2005, 24)

Oplepo

A Italo Calvino (2005, 25)
- *La galleria dei destini incrociati*, di Paolo Albani
- *Rapsodia di fiori in blu*, di Brunella Eruli
- *Permutazioni bibliografiche*, di Domenico D'Oria
- *Lezioni italo-americane*, di Elena Addòmine
- *Alluvione d'aiuole*, di Sal Kierkia
- *Conoscenza della forma*, di Anna Busetto Vicàri
- *Italo Calvino in ottava*, di Giuseppe Varaldo
- *Sulla luna giraffa*, di Maria Sebregondi
- *Paronomàsie*, di Raffaele Aragona

Oplepo

Chimere, Esercizi funzionari (2206, 26)
- *La Chimera Incapricciata*, di Anna Busetto Vicari
- *La chimera di* Spoon River, di Brunella Eruli
- *Kimerik polito-logico*, di Domenico D'Oria
- *Chimere shakespeariane*, di Elena Addòmine
- *Sonetto della Chimera*, di Edoardo Sanguineti
- *Percorsi per-versi d'una chimera*, Giorgio Weiss
- *Manghiscoli*, di Ermanno Cavazzoni
- *Chimere*, di Giuseppe Varaldo
- *Tradurre, una chimera? PER-QUE-NEAU!*, di Maria Sebregondi
- *Mi illudo*, di Paolo Albani
- *Chimere napoletane*, Raffaele Aragona
- *I cosi così, di* Sal Kierkia

Cenni sugli autori dei testi

Cenni sugli autori dei testi

Elena ADDÒMINE, informatica, si occupa di organizzazioni di strutture aziendali, linguistiche, musicali e familiari. Si è prodotta sinora in strategie per l'innovazione tecnologica, traduzioni omografiche (*Forme for me*, B.O. n. 7, 1994) e in improvvisazioni pianistiche e culinarie, con le quali intrattiene la sua prole. Partecipa all'Oplepo da New York, dove vive e lavora.

Paolo ALBANI, scrittore e poeta visivo, dirige la nuova serie di *Tèchne*, rivista di bizzarrie letterarie e non. Tra le sue pubblicazioni: *Words in progress* (Campanotto, 1992); *Aga magéra difúra*. Dizionario delle lingue immaginarie (Zanichelli, 1994; Les Belles Lettres 2000); *Forse Queneau*. Enciclopedia delle Scienze Anomale (Zanichelli, 1999), *Il corteggiatore e altri racconti* (Campanotto, 2000), *Mirabiblia*. Catalogo ragionato di libri introvabili (Zanichelli 2003) e *Il sosia laterale e altre recensioni* (Edizioni Sylvestre Bonnard, 2003). Nel libro *Le cerniere del colonnello*. Antologia di scritti dell'Istituto di Protesi Letteraria (Ponte alle Grazie, 1991) ha raccolto i testi preoplepiani usciti sulla rivista "il Caffè". Per la "Biblioteca Oplepiana" ha scritto *Geometriche visioni*, L'alfabeto raffigurato (1996), *Rose osé*, Lettere rubate (1998), *Fantasmagorie*, Parole in bianco (2001).

Raffaele ARAGONA, ingegnere, insegna Tecnica delle Costruzioni nella Facoltà di Architettura dell'Università Federico II di Napoli. Pubblicista, scrive di enigmi e di ludolinguistica su "Il Mattino". Membro fondatore dell'Oplepo, è responsabile del Premio "Capri dell'Enigma", nell'àmbito del quale ha curato convegni specialistici e a carattere interdisciplinare, tra i quali, i più recenti, *Il fascino indiscreto dell'omonimia* (1994), *Attenti alla Sfinge!* (1996), *Le vertigini del labirinto* (1998), *La regola è questa* (2000), *Sillabe di Sibilla* (2002), *Il doppio* (2004). È autore di *Una voce poco fa*. Repertorio di vocaboli omonimi della lingua italiana (Zanichelli, 1994). Nella "Biblioteca Oplepiana" (1994) ha pubblicato *La viola del bardo*, Piccolo Omonimario Illustrato. Ha curato la raccolta *Antichi indovinelli napoletani* (Marotta, 1992) e, per le Edizioni Scientifiche Italiane, i volumi *Enigmatica. Per una poietica ludica* (1996), *Le vertigini del labirinto* (2000), *La regola è questa* (2002) e *Sillabe di Sibilla* (2004). Anche a sua cura è il volume *Capri à contrainte* (La Conchiglia, 2000). Ha pubblicato *Oplepiana. Dizionario di letteratura potenziale* (Zanichelli, 2002).

Alessandra BERARDI, poetessa, è autrice e interprete di spettacoli comici e per bambini. In breve: Musa Autoispiratrice. Sarda, vive a Bologna. È fra gli autori del programma di Raidue *L'albero azzurro*. Dal 1988 partecipa a rassegne di teatro, poesia e musica. Ha pubblicato, col gruppo Bufala Cosmica, *Rime tempestose* (Sperling & Kupfer, 1992). Dal 1990 fa parte di *Riso Rosa*, progetto teatrale di comicità femminile; con Daniela Rossi ha curato *Ragazze, non fate versi!* (Zona, 1999). Ha collaborato con varie testate, come *Linus, Comix, L'Unità, Il Domani*. Tiene laboratori di poesia per ragazzi; ha pubblicato il libro *Patate su Marte* (d'if, 2002). Sue poesie, racconti e canzoni si trovano in CD, video, riviste e antologie, tra cui *Doppio sogno* (di Emilio Galante, Scatola Sonora, 1996), *Sfiga all'Ok Corral* (Golem, a cura di S. Bartezzaghi, Einaudi, 1998) e *Oplepiana* (a cura di R. Aragona, Zanichelli, 2002). Da qualche anno collabora attivamente con il compositore Battista Giordano.

Giulio BIZZARRI, ha collaborato dal '71 al '73 alla rivista letteraria "il Caffè", curando una rubrica di *ready-made* linguistici. Dal 1980 è *copywriter* e direttore creativo di un'agenzia del gruppo BBDO. Ha pubblicato per Feltrinelli i due volumi *Vedute nel paesaggio* e *Scritture nel paesaggio* e, per le edizioni Essegi, *Giardini in Europa*. Nel 1989 ha fondato, con Gianfranco Gasparini, l'Università del Progetto di Reggio Emilia. Nel 1991, ha pubblicato le *Poesie terapeutiche*, vendute in libreria in più di 400.000 copie e per Comix *Pubblicità magari*. Nel 1990 ha ricevuto l'oro dall'Art Director's Club. Nel 2000 ha presentato, con la mostra *Advertaintment* alla Triennale di Milano, le ultime "pubblicità magari". È autore di *Art caveau. L'invisibile pittura* (B.O. n. 20, 2001).

Anna BUSETTO VICÀRI, fondatrice dell'Archivio e Centro Studi "il Caffè", la rivista letteraria di Giambattista Vicàri, del quale ha curato il carteggio con Ezra Pound in *Il fare aperto. Lettere 1939-1971* (Archinto, 2000); è autrice del libro *Solo di rose* (Raffaelli, 2003).

Ermanno CAVAZZONI, scrittore, insegna al Dipartimento di Filosofia dell'Università di Bologna. È autore de *Il poema dei lunatici* (Bollati Boringhieri, 1987), cui si è ispirato Federico Fellini per il film *La voce della luna*, de *Le tentazioni di Girolamo* (Bollati Boringhieri, 1991), di una serie di "traduzioni infedeli", all'interno di *Le leggende dei Santi* di Jacopo da Varagine (Bollati Boringhieri, 1993) e di *Vite brevi di idioti* (Feltrinelli, 1994). *I sette cuori* (Bollati Boringhieri, 1992) contiene sette divertenti variazioni, decisamente oplepiane, del deamicisiano "Sangue romagnolo". I suoi libri più recenti sono

Cirenaica (Einaudi, 1999) e *Gli scrittori inutili* (Feltrinelli, 2002). Ha introdotto edizioni dell'Ariosto e del Pulci; è tra gli ideatori della rivista *Il Semplice*.

Luca CHITI (1943–2003), laureatosi in Letteratura italiana moderna e contemporanea a Pisa, si è occupato delle avanguardie del primo Novecento con particolare interesse per le riviste fiorentine, pubblicando articoli su "Filologia e letteratura" e curando per l'Editore Loescher il volume *Cultura e politica nelle riviste fiorentine del primo '900* (1972). Nel 1973 ha curato la maggior parte delle voci degli autori del Novecento per il *Dai* (Dizionario degli autori italiani) dell'Editore D'Anna. Suoi testi poetici sono apparsi in "Arte e Poesia" e su "Quasi". Nel 1972 è uscita la sua raccolta di liriche *Il viaggio all'Oriente* nel volume *Poesie* (Ed. Manzuoli). È autore de *L'Infinito futuro*, Sillabe in crescenza (B.O. n. 15, 1999) e de *Il centunesimo canto*, Philologica dantesca (B.O. n. 18, 2001).

Domenico D'ORIA, docente di Lingua e letteratura francese all'Università di Bari, è cultore entusiasta di esercizi oulipiani. È studioso dei problemi di ideologia nei dizionari e dei problemi teorici e pratici della traduzione. Ha dedicato molta attenzione ai *Jeux de mots* di François Georges Maréschal, marchese di Bièvre. Membro fondatore e Segretario dell'Oplepo, dirige l'*Alliance Française* di Bari.

Brunella ERULI, ordinaria di Letteratura francese all'Università di Siena, interessata ai problemi di arte contemporanea e delle avanguardie, ha pubblicato, oltre a vari saggi dedicati alla letteratura francese, *Jarry, i mostri dell'immagine* (Pacini, 1982), *Percorsi dell'avanguardia* (Pacini, 1992). Ha curato l'edizione dei volumi *Attenzione al potenziale! Il gioco della letteratura* (Nardi, 1994) e *L'obiettivo e la parola* (Slatkine-ETS, 1996). Autrice di vari scritti sul teatro, è caporedattore di "Puck, la marionette et les autres arts", la rivista internazionale del teatro di figura. Fa parte del consiglio di redazione della "Rivista di letterature moderne e comparate".

Piero FALCHETTA, bibliotecario alla Marciana di Venezia e storico della cartografia, ha sempre giocato con serietà in compagnia della letteratura. Da *Oculus pudens*, un volume sulla poesia di Andrea Zanzotto (Francisci, 1983), alla traduzione del romanzo lipogrammatico di Georges Perec *La disparition* (*La scomparsa*, Guida editori, 1995), ha coltivato con continuità i rapporti con quelle opere che sono generalmente, per qualche verso, considerate "difficili", sperando così, prima di ogni altra cosa, di renderle comprensibili, se non altro a sé stesso. Collabora a numerose riviste italiane e straniere. È autore di *Frammenti in vita*, Combinazioni monorime con commento (B.O. n. 5, 1993).

Sal Kierkia (trascrizione abbreviata di Salvatore Chierchia), studente facoltativo di lungo córso e impropriamente ricercatore in proprio, ha avuto la sorte di rinvenire, durante migrazioni da vero "chierico vagante" fuori tempo, uno sconcertante latercolo nella lingua degli Incas. Esperto e appassionato di enigmi, di poesia artificiosa e di ludolinguistica, saltuario collaboratore bilingue della fortunosa rivista "il Caffè", è autore di preziose rubriche sulla rivista "Il Labirinto". A sua cura, la "Biblioteca Oplepiana" ha pubblicato (1996) *L'isola teletrasportata*, Anagrafie. È l'autore di *Preludi*, Tempo obbligato (B.O. n. 24, 2005).

Piergiorgio Odifreddi, ha studiato matematica in Italia, negli Stati Uniti e in Unione Sovietica, e insegna Logica presso le Università di Torino e Cornell (USA). Fra le sue pubblicazioni *Classical Recursion Theory* (North Holland, 1989 e 1999), *Il Vangelo secondo la Scienza* (Einaudi, 1999), *La matematica del Novecento* (Einaudi, 2000), *Il Computer di Dio* (Cortina, 2000), *C'era una volta un paradosso. Storie di illusioni e verità rovesciate* (Einaudi, 2001), *Il diavolo in cattedra. La logica da Aristotele a Godel* (Einaudi, 2003), *Le menzogne di Ulisse* (Longanesi, 2004), *Penna, pennello e bacchetta. Le tre invidie del matematico* (Laterza, 2005). Collabora con giornali, radio e televisione. Nel 1998 l'Unione Matematica Italiana gli ha assegnato il Premio "Galileo".

Totò Radicchio, architetto, docente alla Facoltà di Architettura di Venezia, vive a Bari. È autore dell'opera di pittura potenziale *Coloranti* (da *Edulcoranti*), liberamente tratta dalle cento stringhe di Campagnoli, delle quali riprende in chiave pittorica (geometrica e cromatica) le costrizioni permutazionali (uno dei suoi cento elementi è riportato nella copertina di *Oplepiana*). È anche autore di *Vocali*, altra opera che traduce pittoricamente la costrizione legata ai cinque sonetti omoconsonantici di Ruggero Campagnoli (*Vocalizzi Zulu*, B.O. n. 6, 1994).

Edoardo Sanguineti, poeta, ha insegnato Letteratura italiana all'Università di Genova, sua città natale. Il suo nome è legato all'avanguardia, non solo letteraria, ma anche musicale, pittorica e teatrale. Le sue poesie sono raccolte da Feltrinelli in *Segnalibro* (1982), *Bisbidis* (1987), *Senza titolo* (1992), *Corollario* (1997) ed in *Novissimum Testamentum* (Nanni, 1986): in molte di esse è rimescolato il senso tragico, comico, onirico, grottesco, epigrammatico ed enigmistico con quei modi di capriccio e gioco, che caratterizzano anche la scrittura del Sanguineti narratore (*Capriccio italiano* e *Il giuoco dell'oca*, Feltrinelli, 1963 e 1987). *L'Alfabeto apocalittico*, 21 ottave scritte per la grande *Apocalisse* di Enrico Baj, fu letto dall'autore nel 1982 in forma teatralizzata con il volantinaggio dei singoli testi, dalla A alla Z, su foglietti variamente colorati, simili ai vecchi pianeti della fortuna. Autore oplepiano *ante litteram*, ha ricevuto nel 1998 il Premio "Capri dell'Enigma" – sezione arte e letteratura; nello stesso anno è entrato a far parte dell'Oplepo, del quale è oggi Presidente. *Il chierico organico* (Feltrinelli, 2000) è il titolo di una raccolta di suoi saggi.

Maria SEBREGONDI, consulente di comunicazione e di concept di prodotto, lavora con la scrittura in diverse aree: copywriting e comunicazione, editoria e traduzione letteraria, stampa periodica. Dall'attività professionale sono nate diverse esperienze didattiche presso Università pubbliche e private (corsi e seminari di scrittura e comunicazione, traduzione letteraria, formazione per creativi). Dal 2000, insegna *Percezione del linguaggio* all'Università dell'Immagine, Milano. Tra le sue pubblicazioni: *Etimologiario* (Longanesi, 1988; Greco&Greco, 2003), piccolo dizionario di etimologie inventate; la collana *Doppiogioco* (Giunti), storie in versi per bambini; *Smentimenti*, raccolta di racconti (Greco&Greco, 2000). Appassionata di traduzione di testi *à contrainte*, in versi e in prosa, ha tradotto Queneau (*Quercia e cane*, Il melangolo, 1995; *Centomila miliardi di baci*, Archinto, 1997), Perec (*Ellis Island. Storie di erranza e di speranza*, Archinto, 1996), Picabia, Coleridge, Nabokov. Dal 1996 fa parte di Oplepo. Firma la rubrica *Tecnica mista* su *Alias*, supplemento culturale de *Il Manifesto*. Vive prevalentemente a Milano.

Màrius SERRA, scrittore catalano, è nato e vive a Barcellona. Ha pubblicato vari volumi di racconti, tra i quali *Línia* (1987), *Contagi* (1992) e di novelle come *L'home del sac* (1990) e *Mon oncle* (1996). Giornalista, scrive su "La Vanguardia" e su l'"Avui" di Barcellona. Nel suo volume, *La vida normal* (Edicions Proa, Barcelona, 1998) si ripromette di trasformare la sua esperienza di scrittore in materia letteraria. È primo membro straniero dell'Oplepo, per il quale ha scritto *Turandot espuri*, Solfeix, fascicolo (B.O. n. 14, 1998). Sue opere più recenti sono *AblanatalbA* (Edicions 62, 1999) e *Verbalia* uscito contemporaneamente (Barcelona, 2001) nella versione catalana (Editorial Empúries) e castigliana (Editorial Península).

Aldo SPINELLI, pittore, giocologo, è membro corrispondente dell'Oupeinpo. Autore di varie pubblicazioni, ha firmato due fascicoli della "Biblioteca Oplepiana": *L'uso delle istruzioni* e *Le ripartite*. Il suo *Scarabeo d'oro* (1975-1980) è un gomitolo di lana colorata con scrittura in codice. Ha partecipato a numerose mostre collettive e sono molte le sue "personali" (Milano, Genova, Roma, Amsterdam, Oberhausen, Nizza, Gelsenkirchen); in occasione di una sua mostra, dal titolo *Falso Spinelli: un'arte un po' vera* (Genova, 2002), ha presentato il suo *Abbecediario*, diario di viaggio di una persona qualsiasi, che raccoglie in testi lipogrammatici le 21 lettere dell'alfabeto italiano. Un suo recente volume *e* (Marco Polillo Editore, Milano, 2001) costituisce un'eterodossa enciclopedia che ha per protagonista questa vocale.

Giuseppe VARALDO, medico, si interessa di enigmistica e di poesia ludica. È autore di *All'alba Shahrazad andrà ammazzata* (Vallardi, 1993). Il suo *Canto tenero* (B.O. n. 3, 1992) è il primo esempio di «mitografemi».